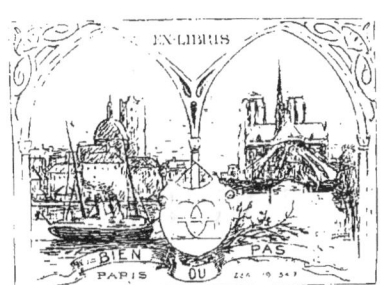

SOUVENIR

DU

CINQUANTENAIRE

DE

Monsieur GOT.

SOUVENIR

DU

CINQUANTENAIRE

DE

Monsieur GOT

COMÉDIE-FRANÇAISE

SOUVENIR

DU

CINQUANTENAIRE

DE

M. GOT, Doyen

TOASTS

PORTÉS AU BANQUET DE SAINT-GERMAIN-EN-LAYE

Le Mardi 17 Juillet 1894

———— ✳ ————

PARIS

ANCIENNE MAISON QUANTIN

LIBRAIRIES-IMPRIMERIES RÉUNIES

MAY ET MOTTEROZ, DIRECTEURS

7, Rue Saint-Benoît

1894

DISCOURS DE M. JULES CLARETIE

ADMINISTRATEUR-GÉNÉRAL

Mon cher Doyen,

Dans chaque dossier que chaque artiste possède ou que possède sur chaque artiste la Comédie-Française, la première pièce qui vous concerne est une lettre d'Auber, directeur du Conservatoire de musique et de déclamation, demandant au comité du Théâtre-Français de vouloir bien inscrire sur la liste des entrées le nom de M. Got, nommé élève pensionnaire des classes de déclamation spéciale en remplacement de Mlle Thouret, qui a quitté l'établissement. La lettre d'Auber est datée du 24 février 1842. Vous n'aviez pas vingt ans.

La seconde est une lettre du 27 mars 1844, signée de vous et où vous demandez à débuter sur la scène de la Comédie-Française. « Je me suis déjà fait, dites-vous, inscrire pour une audition il y a environ deux mois, et je serais tout prêt à la passer si vous le jugiez nécessaire. » Je regardais hier cette demande : votre écriture est la même, solide et serrée, et à la voir je croyais retrouver une lettre de vous, datée d'aujourd'hui. L'encre a pâli, jauni; le caractère n'a pas changé, pas plus celui de l'écriture que celui de l'homme. Vous êtes depuis longtemps le doyen de la Comédie et vous êtes

resté le robuste et résolu serviteur de l'art que vous
étiez il y a cinquante ans.

Car il y a cinquante ans aujourd'hui que vous débutiez, cher monsieur Got, et c'est pour fêter l'anniver-
saire de cette date heureuse et glorieuse pour le théâtre,
que tout le théâtre est ici rassemblé ; oui, le théâtre tout
entier, représenté par ses collaborateurs les plus illustres ou les plus obscurs, depuis ceux qui partagent avec
vous la renommée et l'éclat de l'affiche jusqu'à ces
collaborateurs anonymes, habilleurs, tapissiers, machinistes, qui sont les ouvriers du succès comme les sol-
dats sont les artisans de la victoire. Nous avons voulu
grouper autour de vous toutes les forces vives et tous
les dévouements de la Maison, pour célébrer par l'una-
nimité des hommages ce qui ne s'est jamais vu dans
l'histoire de la Comédie-Française, un artiste, un grand
artiste, donnant à une institution et à son art un demi-
siècle de son labeur et de sa vie.

Vous êtes, en effet, mon cher doyen, non seulement
un des comédiens qui ont le mieux servi la Comédie,
mais celui de tous qui l'a le plus longtemps servie.
Pierre La Thorillière, qui parmi les doyens compta le
plus d'années de service, appartint à la Comédie pendant
quarante-sept ans, Guérin pendant quarante-cinq ans,
Molé pendant quarante-deux ans, et Préville se retira
après trente-trois ans. Vous, vous aurez fait à la
Comédie une plus large mesure, et vous aurez même
dépassé cinquante ans de glorieux services.

Il y aura donc, je le disais, cinquante ans ce soir, le
mercredi 17 juillet 1844, que, l'année même où votre
ami Augier donnait sa première pièce, vous débutiez

par Alain des *Héritiers*, et Mascarille des *Précieuses
ridicules*. Entre les deux pièces, pour vous laisser un
peu de repos, — comme si vous aviez besoin de repos!
— on avait joué le *Mari à la campagne*. J'ai voulu
savoir ce que la presse avait dit et pensé de vous et,
sauf un journaliste dont malheureusement j'ignore le
nom, les critiques ne devinèrent pas — je mets le fait
à leur passif — l'admirable comédien qui était en vous.
Charles Maurice croyait s'apercevoir que vous aviez dû
beaucoup jouer en province et il vous conseillait chari-
tablement d'y retourner. Un autre vous trouvait un
aplomb prématuré. Il vous reprochait d'avoir, à vingt
ans, l'assurance d'un homme de cinquante, oubliant que
la certitude dans le jeu ne vient pas toujours de
l'aplomb, mais de la foi et de la bravoure. Un seul,
celui dont je ne connais pas le nom[1], vous louait d'avoir
étudié et fréquenté vos auteurs et vos personnages.
« Il voit, écrivait ce critique, il voit — et cet *il*, c'est
vous — *les idées derrière les mots et s'efforce de
donner aux mots la couleur des idées*. Pour tout dire,
M. Edmond Got est évidemment un comédien littéraire,
espèce de plus en plus rare, et dont il est bon de
recueillir la graine, quand par hasard on la retrouve. »
Et ce journaliste ajoutait : « Recueillons donc M. Got. »
   La Comédie, mon cher Doyen, non seulement vous
recueillit, mais vous accueillit avec joie. Après avoir
joué Sganarelle du *Médecin malgré lui*, l'Intimé des
Plaideurs et Scapin des *Fourberies*, fait une année de
service au régiment, d'où Mlle Mars vous faisait passer

---

1. M. Got m'a dit que c'était Hippolyte Rolle.

rue de Richelieu avec l'aide du duc de Montpensier, vous figuriez définitivement le 1er avril 1845 sur la liste des pensionnaires entre Roussel et Fechter, jusqu'au jour où, appuyé par l'excellent Provost, votre maître, et présenté par Arsène Houssaye, votre administrateur, vous étiez élu sociétaire, ayant attendu ce titre pendant six ans. Et vous étiez nommé pour l'emploi des *seconds comiques*.

Il est bien loin, mon cher Doyen, le temps où c'était un second comique qu'on choisissait et qu'on applaudissait en vous ! Le débutant du 17 juillet 1844 est devenu le glorieux comédien que nous honorons aujourd'hui. Il a, dans toute une existence de recherches, de pensée et de travail, ajouté un nom à l'histoire de l'art dans notre France qui compte tant d'admirables artistes. Le jeune homme, que le critique anonyme saluait comme un *comédien littéraire,* est devenu le collaborateur averti et puissant des Augier, des Dumas, des Musset, des Vacquerie, des Pailleron, de tous les maîtres de la scène moderne, sans compter le vieux répertoire où, du Matamore de Corneille au Dandin de Racine, il a animé de sa verve et de sa fantaisie personnelle les créations immortelles des classiques. Il a été, je répète — ce qu'on lui disait lors de ses débuts — *l'homme qui voit les idées derrière les mots et donne aux mots la couleur des idées.* Il a incarné pour plusieurs générations successives la vie et la vérité humaine qui assurent la durée à ce qu'il y a de plus passager en apparence dans l'art : le génie de l'artiste dramatique.

Je ne me doutais guère, mon cher Doyen, que je serais un jour votre administrateur, lorsque je trouvais

quelque chose de mes rêves exprimé par vous dans une
déclaration d'amour du *Duc Job,* ou dans une amère et
ardente protestation de Giboyer. C'était tout le contraire
d'un poète que Léon Laya, et cependant vous donniez
je ne sais quel poignant accent de poésie à la descrip-
tion d'une petite boucle blonde entrevue dans la fumée
de la bataille. Et ce Giboyer, que vous jouiez encore
hier, de quelle inoubliable façon l'avez-vous fait vivre !
Personne n'a été plus pittoresque et plus profond que
vous. Le comédien m'a semblé quelquefois comme un
poète en action, un trouvère qui paraît, disparaît,
apporte et emporte de la poésie et du rêve. Eh bien,
dans votre carrière, Maître Guérin, Mercadet, Poirier,
le rabbin de l'*Ami Fritz,* Jean Baudry, Brissot, le père
de *Denise,* le vieux Le Goez du *Flibustier* sont comme
des poèmes de vie, dont la figure de l'abbé de *Jurer de
rien* serait un sonnet.

Mais ce n'est pas, à dire vrai, le comédien seul que
nous fêtons aujourd'hui. C'est aussi, permettez-moi de
vous le dire, le bon et fidèle serviteur de l'admirable
institution que j'ai le grand honneur de diriger et que
vous avez noblement servie.

Pendant les longues années qui nous séparent de vos
débuts, vous avez été, en effet, pour les administrateurs
qui se sont succédé à la tête de la Comédie, un collaborateur tantôt éclairé, dévoué, tantôt indépendant. Vous
avez apporté dans votre amour pour la vieille et glorieuse Maison une passion qui, parfois, avait les soubre-
sauts mêmes de toute passion sincère et vous avez —
pourquoi ne pas le rappeler, puisque aujourd'hui nous
faisons de l'histoire ? — joué le *Dépit amoureux* autre

2

part qu'au théâtre. Mais Gros-René était toujours fidèle
à Marinette, et vous avez tour à tour réclamé et reconnu
les libertés et les droits de la société.

Vous avez même été directeur ou quasi directeur de
théâtre. Pendant une période de temps assez courte,
mais singulièrement critique et douloureuse, vous avez,
à Londres, au lendemain de la guerre, organisé des
représentations qui permirent à vos associés demeurés
à Paris de vivre et à la Comédie de survivre. Le moment était tragique. Devant la caisse vide, quelques-uns
de vos camarades, de ces alarmistes qu'on rencontre à
toutes les époques, désespéraient de l'avenir et par-
laient de liquider l'association. C'est alors qu'avec une
partie de la compagnie vous êtes allé donner en Angle-
terre des représentations qui assurèrent le paiement des
appointements et des dettes de la troupe de Paris. Vous
seul pourriez dire par quelles mains généreuses furent
versés les premiers fonds dont vous aviez besoin pour
ouvrir cette succursale du théâtre à Londres. Mais je
peux dire, moi, comment et au prix de quels sacrifices
vous apportiez à vos camarades de France l'argent que
donnait à notre répertoire le public anglais. Vous êtes,
pour cela, revenu, un jour, sous les balles de 1871, et
leurs sifflements sont les seuls sifflets que vous ayez
jamais entendus.

Vous m'avez souvent parlé, d'ailleurs, avec une sorte
d'ironie particulière de votre temps de directoriat. Il
paraît que diriger les comédiens est chose délicate,
difficile, et c'est vous qui me l'avez répété... après
Molière. Je vous avoue qu'il est assez facile d'adminis-
trer quand on a devant soi des artistes tels que vous,

dont les opinions et les intérêts particuliers cèdent toujours devant l'intérêt général. Dans les conseils de la Comédie, autour de cette table du comité où viennent expirer les légendes ou les propos de coulisses ou de couloirs et où je n'ai jamais trouvé que d'honnêtes gens disant librement leur opinion, vous avez toujours apporté le concours de votre autorité et le poids de votre expérience pour reconnaître les droits de l'administrateur, qui sont la sauvegarde même de la charte de la maison.

Oui, je tiens à le dire aujourd'hui, j'ai constamment trouvé en vous, dans la salle du comité, un collaborateur précieux, solide et autorisé, à qui je n'adresserais qu'un reproche, c'est de nous avoir privés trop tôt de l'expérience de ses traditions et de ses lumières. Vous avez été plus fidèle à la scène qu'au comité et vous savez pourtant que vous étiez aussi écouté de vos camarades que vous êtes aimé du public.

Savez-vous pourquoi, mon cher doyen? C'est que vous ne vous êtes pas contenté seulement de montrer comment on joue admirablement des rôles; vous avez donné, — comme vos aînés, du reste, comme tous les artistes illustres qui ont fait la renommée de la Comédie-Française, — l'exemple du dévouement absolu à une institution qui vous doit un nouvel éclat de gloire. Mais vous avez toujours répété bien haut que cette renommée et cette sécurité dans la vie artistique qui assurent au comédien l'indépendance matérielle et surtout morale, c'est à la Comédie-Française qu'il les doit aussi. Il y a entre la Comédie et le comédien un libre échange de renommée. Et les succès, les règles, les devoirs de la

Comédie ont été les vôtres. Vous avez travaillé pour votre maison en travaillant pour vos associés et pour vous-même.

Je n'oublierai jamais, mon cher Doyen, avec quelle éloquence familière et rude, un jour que vous parliez, dans ce comité où, je le répète, vous auriez dû rester, à un sociétaire annonçant prématurément ses désirs de retraite, vous rappeliez à chacun ce qu'il devait à l'œuvre commune.

« Nous sommes, ne l'oublions pas, disiez-vous à vos camarades, des privilégiés de l'art dramatique. Combien d'artistes, qui nous valent bien, n'ont pas eu comme nous la vie facile et la vieillesse heureuse, parce qu'ils ont dépensé leur talent dans les hasards des théâtres d'aventure! Songeons à leur destinée, si différente de la nôtre, et disons-nous qu'en échange des avantages et de la respectabilité que la Comédie-Française nous assure, nous lui devons, jusqu'à notre dernier souffle, jusqu'à notre dernier effort, notre talent, notre travail et notre nom. Nous sommes un théâtre où les jeunes viennent se faire et les vieux se refaire. Servons la Maison, dont le toit est solide et dont le drapeau est fier. »

En un mot, mon cher Doyen, vous avez été fidèle à la parole donnée. Lorsque les candidats au sociétariat sollicitent — avec quelles protestations de dévouement, vous le savez! — l'admission dans la société, lorsque élus, ils vont, devant notaire, donner leur signature et adhérer librement au contrat qui vous lie tous, ils ne songent pas à monnayer plus tard le titre qu'alors ils réclament, à tirer parti de la renommée qu'ils ont acquise, non seulement par leur propre mérite, mais par la collaboration, le voisinage, les traditions, les souvenirs de la Maison. Ils ne pensent, disent-ils, qu'à la gloire d'appartenir à une institution à laquelle ils se vouent tout entiers. Il n'y a rien là que de très simple et c'est un contrat pareil à tous les contrats. Vous avez été respectueux de ce contrat librement consenti, vous avez, pendant cinquante années, travaillé à la prospérité, à la bonne renommée, à la durée de la Comédie-Française. Voilà, sans parler de votre valeur artistique, le mérite de votre destinée! Bien souvent les années ont été dures, les épreuves douloureuses; vous avez connu des mois de décembre sans partage et des époques où le théâtre encaissait à peine autant de recettes en un an qu'aujourd'hui en un mois. Vous avez toujours porté le devoir avec résolution et la mauvaise fortune avec bonne humeur, en artiste et en soldat.

Aussi bien lorsqu'on me parle de réformes à faire dans cette maison qui ne vit pas, comme on le croit et comme on le répète sans savoir, sur le décret de Moscou, mais en réalité sur la tradition même de Molière codifiée par les légistes, sur le principe de l'association, rêve de notre démocratie moderne mis en pratique dès le règne de Louis XIV par l'auteur du *Misanthrope,* sur ce principe du dévouement de tous à chacun et de chacun à tous dont cet admirable Molière a fait la clef de voûte de sa maison, je réponds :

— L'expérience est faite. Un théâtre est bon dont les lois ont suffi à Hugo, à Dumas, à Augier et dont les devoirs n'ont pas gêné un grand artiste comme M. Got!

Et c'est pourquoi, mon cher Doyen, en mémoire des

services que vous avez rendus à la Comédie, je vous remets cette médaille où d'un côté, avec la date du véritable décret qui nous régit, 1680, vous trouverez le profil de Molière qui prit pour tâche, comme vous, *d'amuser les honnêtes gens,* et, de l'autre, ces deux dates qui nous sont chères : 1844, celle de vos débuts, 1894, celle de votre cinquantenaire, avec quelques mots plus éloquents que tous les longs discours :

LA COMÉDIE-FRANÇAISE
A M. ED. GOT
SOUVENIR D'UN DEMI-SIÈCLE

Un demi-siècle de labeur et de gloire! Un demi-siècle que nous saluons ce matin et que le public, vous acclamant dans votre dernier — pardon, je me trompe, un de vos derniers rôles — saluera, à son tour, ce soir !

Et en vous remettant, au nom de tous, cette médaille, je vous demande d'associer à nos vœux pour votre personne un toast à la Maison même que vous avez si bien servie et de boire, avec une émotion que vous comprendrez, à la Comédie-Française, à son passé, à son avenir, à vous, mon cher Doyen, à tout ce qui est votre œuvre dans l'*histoire* de notre grand théâtre, à votre talent et à votre exemple !

DISCOURS DE M. GOT

MONSIEUR L'ADMINISTRATEUR,

CHERS COLLÈGUES,

CHERS CAMARADES,

Et vous aussi, Mesdames et Messieurs, chefs ou chevronnés parmi les Employés de la Comédie, et nos secrets collaborateurs, qu'on a eu la sympathique pensée d'associer à notre fête de famille.

Si quelque chose est capable d'atténuer pour moi la tristesse de cette première mort du Comédien, — la Retraite, — c'est sûrement ici votre présence. Et puisque notre aimable Administrateur vient de dire, avec sa haute bienveillance et son grand talent, que cette manifestation spontanée ne s'adresse pas moins au Sociétaire qu'à l'Artiste, j'en dois être et j'en suis doublement fier.

En effet, une grande part de mon effort, avant même que j'eusse l'honneur d'être Doyen, a été de m'inspirer des exemples donnés par mes Anciens. Et en cela je n'ai fait que strictement mon devoir; car, par la force des choses, ma position est devenue autrement facile que la leur. Ils avaient eu, eux, à sauvegarder la dignité professionnelle, dans des temps où, en dépit de leur talent, de leur très grand talent, le succès d'argent récompensait à peine leurs efforts, où la gêne même, car la chose est allée jusque-là, eût pu servir d'excuse à bien des compromissions. Mais non, presque toujours, je les ai vus rester fermes, et soucieux avant tout de la tenue de notre drapeau.

Reportons-leur donc un souvenir reconnaissant, nous qui avons profité, et qui profitons encore, de ce qu'ils ont parfois souffert.

Ah! chers Camarades, c'est une si bonne mère, surtout depuis quarante ans, la Comédie-Française! Parmi toutes les maisons, toutes les entreprises d'exploitation dramatique, elle est si bien la seule qui assure avec honneur le présent et l'avenir de tous ses serviteurs, — j'allais dire de tous ses enfants!

Aimez-la donc, comme je l'ai aimée, avec dévouement et respect.

C'est le souhait que je forme de toute mon âme, en vous remerciant une dernière fois avec effusion des sentiments que vous avez bien voulu me témoigner aujourd'hui.

DISCOURS DE M. MOUNET-SULLY

Mon cher Doyen, mon cher Maître,

C'est aujourd'hui un jour de fête; autour de cette table, il ne devrait être dit que des paroles joyeuses, car nous sommes heureux tous ici de l'hommage qui monte vers vous de partout... Comment se fait-il donc que tout ce bonheur soit voilé par moments d'un nuage de tristesse? Ah! c'est que cette réunion de famille prélude à des adieux et que, quoi que nous fassions pour l'oublier, nous sentons bien que nous n'avons pas le droit de trop insister pour vous retenir, et pour vous empêcher de prendre enfin un repos si légitimement gagné. Nous sentons tout cela, et cependant la tentation de parler s'accentue, et, notre égoïsme aidant, il devient de plus en plus probable que nous n'y résisterons pas jusqu'au bout.

Quand on désire très vivement une chose, on arrive facilement à se persuader qu'on y a droit.

Il est certain, d'autre part, que la Comédie-Française sans vous nous paraît une chose tout à fait invraisemblable. Les trois lettres de votre nom font si bien en tête d'affiche! Cela met comme une aigrette à la dist

3

bution des pièces où vous jouez. Et le public aime
tant ce nom-là! Il y est si bien habitué! Et ceux qui
ont la chance de jouer avec vous sont si heureux de
ce bonheur qui leur échoit! Ce sont des titres cela, et,
si l'on plaidait, il n'est pas bien sûr qu'en invoquant
la prescription on ne trouverait pas un tribunal tout
prêt à constater que votre droit à la retraite est frappé
de caducité et que ce que vous avez de mieux à faire...
c'est de continuer!

Delaunay, qui aimait bien la Maison, lui aussi, me
disait un jour, avec une certaine mélancolie, un mot
dont je me suis toujours souvenu. On parlait des
anciennes pièces et des distributions merveilleuses
d'autrefois : Geffroy, Beauvallet, Samson, Provost,
Régnier, Got, Delaunay, Bressant...

« Ah! oui, s'écria-t-il, c'était beau! mon nom arrivait
à la fin de la liste; et, graduellement, par la force des
choses, à l'ancienneté, je me vois maintenant quelquefois tout en haut de l'affiche. Eh bien, expliquez
cela comme vous voudrez, il me semble que les affiches
sont décolorées et que les pièces sont moins bien jouées
maintenant qu'alors! »

J'éprouve exactement la même sensation, mon cher
maître, en me voyant dans une situation analogue. —
Vous seul restez encore de cette admirable troupe...
quel dommage que cela ne puisse pas durer toujours!
— Je voudrais trouver des mots qui, venant tout droit
de nos cœurs, iraient droit au vôtre. On a dit les gloires
de votre carrière, on a rendu hommage à votre talent et
à votre caractère. Je ne veux pas recommencer ce qui a
été fait et bien fait. Il ne me convient pas de vous juger

et d'analyser les raisons que je crois avoir de vous
admirer et de vous aimer. Il est pourtant une faculté que
je veux louer en vous par-dessus toutes les autres, parce
que, selon moi, cette faculté prime et commande toutes
les autres, en matière d'art, comme dans la vie.

Ce qui m'a surtout frappé dès le premier jour où je
vous ai vu en scène, c'est la franchise, c'est la netteté,
c'est la puissance avec laquelle vous agissez sur les
spectateurs. — Et, en vertu de l'axiome : « On ne peut
pas donner ce qu'on n'a pas, » je me suis figuré que, si
vous arriviez si facilement à convaincre, c'est que vous
étiez convaincu vous-même, et que tout votre art,
appuyé d'ailleurs sur un métier admirablement su, pro-
cédait d'une foi ardente et d'une assimilation aussi
complète que possible des caractères, des personnages
et des milieux évoqués par vous. Quand vous êtes en
scène, me semble-t-il, ce n'est plus vous qui agissez,
mais le personnage créé par vous et substitué volon-
tairement en vous à votre propre personnalité. Je
n'explique pas le phénomène, je le constate. Croire à
la réalité du personnage qu'on représente et vivre sa
vie, tout est là, n'est-ce pas? — En un mot, si vous êtes
un merveilleux artiste, vous êtes surtout un *acteur* dans
l'acception la plus haute du mot. Et c'est de cela que je
vous loue surtout, et c'est pour cela surtout que je vous
aime. — Oui, mon cher Doyen, oui, mon cher maître,
mon excellent ami, je suis heureux d'avoir l'occasion
de vous le dire tout haut, bien haut, devant cette
réunion de famille : pour moi, vous êtes surtout un
acteur! Et je n'imagine pas de plus grand éloge !

Le public presque entier, et beaucoup de ceux qui

vivent du théâtre ignorent ou feignent d'ignorer la valeur vraie de ce mot admirable, et, tranquillisés par la locution « *jouer un rôle* » qui a prévalu, se figurent qu'un peu de mémoire, d'intelligence et de goût, aidés de certaines qualités physiques, suffisent à l'accomplissement de notre tâche. Il n'en est rien, et vous le savez mieux que personne, mon cher maître. Du mot et de la phrase écrite remonter à l'idée, de l'idée à la sensation, et, cette sensation obtenue, la ressentir dans une mesure telle qu'on ne puisse l'exprimer complètement qu'en se servant des mots dont l'auteur s'est servi, et au travers desquels elle vous a été transmise par lui; assimiler une situation, un caractère, un personnage, et les vivre au point de perdre la sensation de sa propre vie, rien de plus simple, rien de plus facile quand on est né pour cette besogne mystérieuse, quand on a reçu en naissant les dons nécessaires, n'est-ce pas, cher maître? Mais si certaines bonnes fées ne se sont pas groupées autour de votre berceau, tous les efforts sont vains; le travail ne suffit pas; la conscience est impuissante à vous donner la foi indispensable à ces métamorphoses. Car comprendre n'est pas croire; la foi n'est pas affaire de volonté ou d'intelligence. Et la foi seule est féconde : elle implique l'action, et elle se manifeste spontanément en vertu d'une force d'expansion qui est en elle et où la volonté n'a aucune part. C'est bien là le secret de cette puissance d'évocation et de réalisation qui nous confond en vous et qui nous a donné tant et de si admirables spectacles.

Oh! sentir notre cerveau, nos sens, notre nature même transformés par l'hôte mystérieux que notre volonté a substitué en nous; sentir dans notre poitrine s'agiter tumultueusement un cœur dont nous ne reconnaissons pas les battements; percevoir des sensations, déduire des idées, enchaîner des mots selon des rythmes qui nous étonnent; assister à cette transformation de son être; voilà une ivresse que notre art seul peut donner! — Et vous le connaissez, ce frisson de voluptueuse angoisse qui accompagne, à de certains moments, un élan spontané, un cri, un soupir du personnage qui vit en nous!

N'est-ce pas que là est la récompense suprême de l'effort tenté par l'acteur, la plus glorieuse et la plus rare? N'est-ce pas que là est la véritable joie, la sensation sans rivale, et que les applaudissements qui peuvent nous venir de la foule sont bien peu de chose à côté de cette approbation muette qui monte vers nos tempes des profondeurs voilées de la conscience? — Dites-nous cela, cher maître, pour nous préserver de la contagion du cabotinage, dont vous connaissez si bien toutes les habiletés, et dont vous avez toujours dédaigné les joies grossières.

Oh! le père Poirier! oh! Sganarelle! oh! l'Intimé! et Dandin, d'inoubliable mémoire! et Noël, et Giboyer, et Fourchambault, et le duc Job, et Jean Baudry, et Brissot, et l'Abbé, et le Reb, et Le Goëz, et maître Pathelin... et tant d'autres! Tous ces bonshommes épiques ou burlesques que vous avez évoqués, fait surgir des pages mortes du livre, et que vous avez amenés vers nous jusqu'aux clartés nettes de la rampe, et qui ont vécu dans votre peau, l'élargissant, la déformant, la transformant au gré de vos fantaisies et de vos fièvres créatrices!... Nous ne les verrions donc plus se manifester sous vos traits? Ce regard clair, ce rire vibrant, cette émotion communicative, tout cela serait perdu pour nous? à jamais? et nous n'en aurions plus que le souvenir? Alors que vous êtes plein de sève, d'enthousiasme et d'amour pour votre art, comme aux premiers jours de votre jeunesse? Nous ne pouvons nous faire à cette idée.

Mais vous ne partez pas encore! Dieu merci, vous n'êtes pas encore parti! Et ce n'est pas en un pareil jour qu'il convient de s'appesantir sur de si tristes images!

Comme je vous le disais encore dernièrement, nous fêtons aujourd'hui le cinquantenaire de votre mariage toujours fidèle avec la maison de Molière : on ne saurait penser au divorce le jour où l'on célèbre ses noces d'or!

Puis, cinquante ans, après tout, la belle affaire! Tout juste un demi-siècle! — Mais regardez-vous donc! Et pensez aux services que vous pouvez encore nous rendre! Vos yeux sont-ils moins clairs? vos dents moins blanches? votre parole moins nette? votre intelligence moins vive?... La retraite? Dans cinquante ans peut-être... et encore!... On verra!

En attendant, nous vous verrons, nous! Nous vous voyons, et longtemps encore nous voulons vous voir parmi nous sur la scène et dans le Comité, car plus que jamais nous y avons besoin de votre parole et de votre exemple.

D'ailleurs (nous en sommes sûrs, bien sûrs), au dernier moment vous sentiriez votre cœur se troubler, votre courage fléchir, votre résolution changer!... et

vous ne pourriez vous résoudre à quitter cette vieille
Maison que vous avez tant aimée, ces camarades et ces
élèves qui vous aiment tant et qui sont si heureux et si
fiers de se presser autour de vous comme autour d'un
drapeau ! Oui, cela sera ainsi. Nous espérons encore :
il est un dieu pour la Comédie-Française.

C'est sur ce mot que je veux finir, et c'est avec cet
espoir que je lève mon verre, et que je bois à vous,
mon cher Doyen et mon maître ! Je bois à vous et à
tous ceux qui vous aiment.

DISCOURS DE M. LE BARGY

Mon cher Maître,

Je suis ici le plus ancien de vos élèves, et je m'en félicite, puisque ce titre m'autorise à parler en leur nom dans un jour qui, pour nous, a de la solennité.

Vous rappelez-vous le Conservatoire en 1878? A dix heures du matin, nous nous trouvions réunis dans la salle d'attente du rez-de-chaussée, dans le « chauffoir », comme dirait Jean-Jacques; et là, tout en causant, nous vous attendions. Vers dix heures et demie, — rarement avant, — la petite porte de bois au fond de la cour battait et, de loin, nous vous voyions venir avec ce je ne sais quoi d'énergique et de cadencé, de libre et de dispos dans l'allure que vous avez pris, à vingt ans, dans les camps d'Afrique et qui survit dans votre verte vieillesse. Nous vous voyions venir, et quelque chose alors se passait en nous... Dans sa préface du *Disciple*, Paul Bourget, s'adressant à un jeune homme, lui dit : « Sens-tu, quand tu rencontres un des maîtres d'aujourd'hui, un Dumas, un Taine, un Leconte de l'Isle, une émotion à penser que tu as là, devant toi, un des dépositaires du génie de ta race? » Eh bien, cette émotion, nous, vos apprentis de ce temps-là, nous l'éprouvions

4

devant vous. Instinctivement, car à cet âge, entre mille
bonheurs, on a celui de ne rien analyser, instinctivement, nous reconnaissions que vous étiez bien un de
ceux qui, à des degrés divers, personnifient une ten-
dance collective et nationale, l'effort de nombreuses
générations issues du même sang, orientées de la même
manière, travaillant dans le même sens, et, tout en vous
appelant « notre maître », nous nous disions avec
orgueil : « C'est un maître français. »

Votre enseignement avait l'empreinte française. Des
leçons fondées sur l'empirisme sont, le plus souvent,
chétives et sommaires ; les vôtres, fidèles à nos besoins
héréditaires d'ordre et de discipline intellectuelle, repo-
saient sur une doctrine méthodique. Cette méthode,
solide en son fond, il vous est arrivé parfois de lui
donner un air de paradoxe par le tour de votre imagi-
nation, par le spirituel souci qui est en vous de décon-
certer, de contredire, de surprendre et d'amuser ; mais
si certaines de vos démonstrations, pour s'être revêtues
d'un peu de fantaisie préméditée, sont devenues légen-
daires, elles n'en restent pas moins exactes et défini-
tives ; vous avez dit sur mille choses le mot décisif, et
pour les étudiants de théâtre vous avez créé de la
clarté.

Mais un maître de votre sorte ne limite pas son
influence éducatrice aux quatre murs d'une école. Vous
n'êtes pas semblable à l'Enchanteur de l'Arioste, qui
livrait aux autres des secrets dont lui-même ne pouvait,
pour son propre compte, faire usage. Vos théories du
Conservatoire ont trouvé en vous-même leur illustra-
teur au théâtre. C'est là que, sous leur vivante transfi-

guration, dans l'infinie variété de leurs nuances, elles sont apparues, aux esprits attentifs, plus complètes et plus parlantes; si bien que, professeur d'ordre exceptionnel, c'est peut-être aux heures où vous cessiez d'enseigner pour agir que vous professiez le plus magistralement. A ces heures-là, d'ailleurs, votre auditoire élargi n'était plus un simple groupe d'élèves : c'étaient, confondus avec le public, tous les comédiens de ce temps; car je suis sûr que, parmi ceux qui ont fait figure quelque part en ces trente ou quarante dernières années, il n'en est pas un seul qui ne soit venu, attentif et comme aux aguets, étudier votre manière si neuve, si réfléchie, si volontaire, pas un qui n'ait goûté votre modernisme allié à l'esprit de tradition, pas un qui n'ait été émerveillé des spontanéités de votre tempérament, de ces belles poussées de sang où tout devient explosif en vous, le geste, la voix et le regard, et qui, dans la fantaisie comme dans l'éloquence, donnent à votre talent un caractère constant de santé et de force.

Tous les comédiens, j'en suis sûr, auront pour vous, en ce cinquantenaire, un souvenir de confraternité émue et respectueuse; quant à nous, unis dans une même pensée de vénération reconnaissante et presque filiale, nous honorons en vous le maître excellent, l'artiste rare et, selon la forte expression de Diderot, « l'homme consommé ».

BALLADE, DE M. TRUFFIER

Au cours de nos gais entretiens
Où rit votre esprit débonnaire,
Les *jeunes* ont l'air de *doyens,*
Vous, d'un jeune *pensionnaire!*
Or, s'il reste un rôle à vous faire,
Nature et moderne entre tous,
C'est : le *Doyen imaginaire.*
Vous êtes plus jeune que nous!

Nous ne sommes, Nouveaux, Anciens,
Souvent, que le reflet lunaire
Des rayons d'or qui sont les siens...
Merci, soleil millionnaire !
L'or de gloire qui rémunère,
Vous nous le donnez... en gros sous!
Si le soleil est centenaire,
Vous êtes plus jeune que nous.

Paroisse aux nombreux paroissiens,
Toute la Maison vous vénère,
Du premier des patriciens
Au plus simple fonctionnaire.
Le cœur n'a point de mercenaire,
Chacun, petit ou grand, vers vous
Crie, à se rendre poitrinaire :
Vous êtes plus jeune que nous!

ENVOI

Maître, ce beau cinquantenaire
Nous rend, nous, les jeunes, jaloux.
Qui prétend que tout dégénère?
Vous êtes plus jeune que nous!

TOAST DE M. COQUELIN CADET

MON CHER MONSIEUR GOT,

Permettez-moi de prendre la parole au nom des décors du Théâtre-Français. On n'a pas pu les inviter; mais ces salons, forêts, places publiques, dus aux pinceaux d'artistes de premier ordre, viennent vous saluer par ma voix. En somme, c'est juste, car vous avez joué dans quelques décors depuis cinquante ans! Il me faudrait une voix de bois et de toile pour parler en leur nom. Si les choses ont une âme, soyez persuadé que l'âme des décors du Théâtre-Français est émue en ce grand jour, et les décors, ces encadrements de vos succès et de vos triomphes, vous envoient l'hommage de leur affection, de leur admiration!

Je bois aux machinistes qui les plantent (ces chers machinistes que nous aimons tant!) et aux pompiers qui les surveillent — il ne faut oublier personne!

Au grand artiste, Edmond Got, doyen de la Comédie-Française, les décors, les machinistes et les pompiers de la Maison de Molière!

8786. — May & Motteroz, Lib.-Imp. réunies

7, rue Saint-Benoit, Paris